Zéli et Poison

L'anniversaire

Nathalie Kuperman
Amélie Graux

GALLIMARD JEUNESSE

Les personnages
de l'histoire

Zélie   Poison

Lily   Simon

Les copains de Zélie

Adrien   Tania   Tempétarouste   Philippe-Henri

La maman de Zélie   Le papa de Zélie

Zélie saute de son lit et atterrit sur Poison qui aboie de surprise.

– Debout, Poison! Tu sais quel jour on est?

La chienne s'ébroue et s'élance vers Zélie. Elle lui lèche le menton, le nez, la joue... C'est sa façon à elle de souhaiter «Bon anniversaire» à sa maîtresse adorée!

Vite, Zélie enfile ses habits préférés : un jean délavé et son tee-shirt imprimé d'étoiles.

– J'espère que mon goûter d'anniversaire se passera bien…

La chienne émet un petit grognement. La petite fille est seule à comprendre le langage de Poison.

– Oui, mais j'ai si peur que mes copains se rendent compte que Maman n'est pas une maman comme les autres...

Poison n'a pas le temps de rassurer Zélie. Un bruit effrayant provient de la cuisine. Et une voix résonne si fort que les murs de la cabane se mettent à trembler...

2

– Engin de malheur! Arrête-toi de tourner ou je te transforme en caillou!

Zélie sort de sa chambre, suivie de Poison. Quand elle aperçoit Tempéta-rouste la sorcière, paniquée devant son nouveau robot de cuisine, elle s'écrie:

– Mais, Maman, appuie sur STOP!

Tempétarouste pousse le bouton, et le vacarme cesse enfin.

– Ouf! lâche-t-elle. Ces robots ne valent pas une cuillère en bois qu'on tourne dans la marmite! J'ai acheté ce truc car on m'a dit que c'était magique. Magique? Tu parles!

Une fois calmée, Tempétarouste regarde sa fille, et un grand sourire apparaît sur son visage.

– Bon anniversaire, ma petite sorcière chérie!

Zélie se jette dans les bras de sa mère et Tempétarouste la fait tournoyer dans les airs. Quand Zélie revient sur terre, son regard tombe sur la bouillie couleur caca d'oie dans le robot de cuisine.

– Qu'est-ce que tu as mis dans la pâte ? demande-t-elle.

– Des queues de lézard, du vomi de chouette, des crottes de belette, des pattes d'araignée...

Zélie se retient de pleurer.

– Enfin, Maman, mes copains vont détester ça !

Tempétarouste rassure sa fille.

– Je vais ajouter du chocolat. Ce sera délicieux, tu verras.

– Ajoutes-en plein alors, supplie Zélie.

Elle se dit : «Pourvu que mes amis apprécient !»

C'est la première fois que Zélie invite les copains de sa nouvelle école. C'est aussi son premier anniversaire depuis que ses parents sont séparés. Maintenant, elle a deux maisons : une cabane tarabiscotée mais douillette et un château somptueux mais un peu froid.

Pendant toute la matinée, Zélie n'arrive pas à chasser cette idée : «Si mes copains s'aperçoivent que ma mère est une sorcière, ils vont croire que moi aussi...»

Le bruit du carillon l'interrompt dans ses pensées.

«Qui ça peut bien être ?» se demande Zélie.

3

Un homme très chic, portant pantalon de soie noire et gilet piqué de fil d'or, pénètre dans la cabane.

– Papa! crie Zélie en se jetant dans ses bras.

Philippe-Henri lui dit en l'embrassant :

– Bon anniversaire, ma princesse adorée!

Car, oui, le père de Zélie est un prince ! Tempétarouste l'a invité pour faire une surprise à sa fille. (Et aussi pour qu'il aide à la préparation !)

Mais Zélie, elle, est de plus en plus inquiète : son père est habillé à la mode d'il y a trois siècles, et sa mère traîne en savates. Sa robe est rapiécée et des trous perforent ses collants. Ses copains vont penser que ses parents sortent d'un conte de fées ! Vite, il faut trouver une solution...

Zélie se penche vers Poison et chuchote à son oreille... Poison secoue la tête ; elle a compris !

Les parents, eux, déposent les cadeaux sur le bord de la cheminée. Philippe-Henri lance à Tempétarouste :

– Une spécialiste du balai comme toi devrait le passer plus souvent!

– Moi, môssieur, je n'ai pas les moyens de m'offrir une femme de ménage! siffle Tempétarouste.

– Stop! Pas le droit de se disputer le jour de mon anniversaire! se fâche Zélie.

Et elle se précipite sur ses cadeaux. Dans le premier paquet, elle découvre...

– Ma tablette Vidéo-Youpi! Oh, Maman, merci! Tu n'es plus contre les jeux vidéo?

Tempétarouste sourit.

– Il faut croire que j'ai changé d'avis!

Zélie ouvre le deuxième paquet et découvre...

– Une boîte de tours de magie! Merci, Papa!

Tempétarouste roule de gros yeux.

– Je croyais que Zélie ne devait pas utiliser ses pouvoirs avant d'avoir grandi!

– Justement, avec ça, n'importe qui peut faire des tours de magie sans posséder de pouvoirs! répond Philippe-Henri.

Zélie lève les yeux au ciel. Même quand ils font des efforts, ses parents ne peuvent s'empêcher de se chamailler...

Bon, c'est le moment d'agir! Elle chuchote à Poison :

– À toi de jouer!

La chienne se jette sur le prince pour lui lécher la joue, mais ses griffes déchirent le gilet et le pantalon ! Puis, elle saute dans les bras de Tempétarouste qui remue la soupe d'ortie pour le repas de midi. Le potage éclabousse tous ses habits !

Qu'arrive-t-il donc à Poison ?

Poison a obéi aux ordres de sa maîtresse! Maintenant, le prince et la sorcière doivent se changer pour recevoir les amis de Zélie!

– Mes autres robes sont au sale! se lamente Tempétarouste.

(Elle claquerait bien des doigts pour faire disparaître les taches, mais elle a promis de ne pas avoir recours à la magie devant sa fille.)

– Moi, je n'aurai pas le temps de repasser au château me changer! rouspète Philippe-Henri.

– Et il ne reste presque plus de soupe dans la marmite... ajoute Zélie avec malice.

Poison pousse un petit jappement.

– Poison a une idée ! Si on allait déjeuner au fast-food ? Sur le chemin, vous achèterez des vêtements neufs !

Le prince et la sorcière se regardent. Ils n'ont pas envie de manger des hamburgers ni d'acheter des vêtements vulgaires dans un magasin ordinaire. Mais comme c'est l'anniversaire de leur fille, ils acceptent.

– Génial ! se réjouit Zélie.

Et elle ajoute à l'oreille de Poison :

– Pourvu qu'ils ne se fassent pas remarquer en critiquant les menus du fast-food !

5

Heureusement, tout s'est bien passé. Zélie a dévoré son burger-ketchup tandis que ses parents ont grignoté des frites du bout des dents. Dans le magasin, sa mère a acheté un pantalon en velours et un pull à col roulé, son père un costume gris.

«On dirait qu'ils sont déguisés, pense Zélie. Au moins, ils sont habillés comme tous les parents de mes copains.»

Justement, le carillon retentit. Zélie se précipite pour ouvrir à ses amis.

– JOYEUX ANNIVERSAIRE !

Simon, Adrien, Lily et Tania, la meilleure amie de Zélie, offrent à Zélie une poupée fabriquée en bonbons.

– Oh, merci ! On va se régaler !

Poison bondit pour les accueillir. Lily est ravie : ses parents, eux, ne veulent pas d'animal à la maison !

– Qu'est-ce qu'il est doux, dit-elle en caressant Poison.

– C'est une chienne, précise Zélie.

Les enfants ouvrent grands leurs yeux en entrant dans la cabane.

– On se croirait dans un conte de... sorcière, murmure Tania.

Juste à ce moment-là, Tempétarouste fait son apparition. Elle salue les enfants en chantonnant :

– Bonjour, les p'tits loups ! Comment allez-vous ?

Zélie manque de s'étrangler : sa mère porte sa belle jupe en velours rouge, un pull chauve-souris, et une cape façon vampire. Sans oublier les chaussures à talons et son grand chapeau.

« Qu'est-ce qu'elle est belle ! » pense Zélie qui comprend que sa mère s'est changée d'un magique claquement de doigts.

– Bonjour, madame, la salue Lily poliment.

– Oh, pas de «madame» entre nous, bout d'chou! Je m'appelle Tempétarouste. J'aime les tempêtes, mais pas les roustes!

Tania, Adrien, Simon et Lily éclatent de rire.

«Est-ce qu'ils rigolent parce qu'ils trouvent ça drôle ou parce qu'ils trouvent

Maman ridicule ? » s'inquiète Zélie. Sa maman, c'est la meilleure des mamans, et Zélie ne veut pas qu'on se moque d'elle...

Philippe-Henri, lui, a gardé son costume gris. Ouf !

Mais, quand il s'approche pour saluer, il ne peut s'empêcher de plier le genou en mettant un bras derrière son dos.

– Enchanté, dit-il.

Les enfants aussi plient le genou, mettent un bras derrière le dos et répondent :

– Enchanté, monsieur.

« J'espère qu'ils pensent que c'est un jeu, et pas que mon père est vieux jeu ! » s'inquiète Zélie. Son papa, elle l'aime très fort, et elle ne supporterait pas qu'on ricane derrière son dos.

Soudain, Tempétarouste pointe sa baguette vers la table. Elle prononce une formule magique pour faire apparaître le goûter. Tous retiennent leur souffle. Mais Zélie, elle, est morte de honte !

Tempétarouste s'esclaffe bruyamment.

– Vous avez vraiment cru que j'étais une sorcière ?

Adrien, Simon, Lily et Tania se regardent, un peu gênés. Zélie aimerait lire dans leurs pensées...

Quand Tempétarouste sert le goûter (d'une façon très classique), Zélie reconnaît que sa mère a fait un effort : c'est très chocolaté ! Il ne reste rien dans les assiettes.

– C'était trop bon ! s'exclame Lily.

– Euh... et si on faisait des tours de magie ? lance Zélie pour changer de sujet.

Sa proposition est accueillie par des cris de joie.

Zélie sort un chapeau et annonce qu'il va en sortir un lapin. Le silence s'installe, tous les yeux sont rivés sur elle.

– 1, 2, 3...

Que va-t-il se passer ?

6

Il ne se passe rien. Zélie jette un regard désespéré à sa mère. D'un discret claquement de doigts, elle saurait faire apparaître le lapin !

Zélie recommence à compter.

– 1, 2, 3...

Elle découvre alors qu'il y a une cachette au fond du chapeau. Hop ! elle fait sauter le couvercle et le lapin apparaît.

– Bravo ! applaudissent ses copains.

Mais – oh ! surprise ! – le lapin se met à remuer le nez et à bouger ses oreilles...

– Il est vivant ! hurle Lily.

Philippe-Henri regarde Tempétarouste d'un air sévère ; elle avait pourtant promis de ne pas jeter de sorts devant les enfants ! Zélie, elle, fait un clin d'œil à sa mère.

Tous s'empressent autour du lapin pour le cajoler. Seule Poison reste à l'écart en boudant. Même Lily l'a laissée tomber pour s'occuper de la boule à poils !

Quand l'heure vient de se séparer, Adrien dit à Zélie :

– Ton anniv', c'était super !

– Je pourrai revenir voir ton lapin ? demande Simon.

– On ira promener Poison ? demande Lily.

Tania, elle, confie à Zélie :

– Tes parents, ils sont…

Zélie retient sa respiration ; que va dire sa meilleure amie ?

– … trop marrants !

Zélie respire. Bientôt, Tania saura la vérité. Elle lui dira : « Mes parents, ils sont géniaux, mais être la fille d'un prince et d'une sorcière, c'est parfois un peu compliqué ! »

Elle est sûre que Tania comprendra…

→ je lis tout seul

Pour les jeunes apprentis lecteurs
Niveau 2

Panique dans le potager

La dent du dragon

Les Pyjamasques
et Roméo Mécano

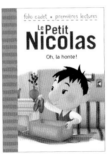

Oh, la honte!

La comtesse
de Monsacapoux

Une nouvelle maison

Retrouve l'intégralité de la collection
folio cadet ▪ premières lectures
sur www.gallimard-jeunesse.fr!

Maquette : Karine Benoit

ISBN : 978-2-07-066658-4
© Gallimard Jeunesse, 2016
N° d'édition : 281644
Loi n° 49-956 du 16 juillet 1949
sur les publications destinées à la jeunesse
Dépôt légal : avril 2016
Imprimé en France par IME

PEFC
10-31-1093

Certifié PEFC
Ce produit est issu
de forêts gérées
durablement et de
sources contrôlées
pefc-france.org